不辭職，
就辭世！

不辭職，就辭世！

廢療系社畜的162個無用反擊

作者　金景喜（김경희）
插圖　金慧姈（김혜령）
譯者　Tina

序

2013年尾聲，我在考完大學最後的期末考之後便成功就業。我曾經苦苦等待又萬分期待著「上班族」的生活，但是卻在進入公司不到一週，就陷入了「必須掙口飯吃的恐懼」。不到一個月，我的目標就變成「收到資遣費後離開公司」。

經歷無數艱辛，我終於在成為上班族滿一年一個月的冬季某天，實現了辭職的夢想。或許是因為任何事在開始時都很陌生，夢想實現的同時，人生第一次的無業遊民生活對我而言也異常生疏。我全身都充滿著不安，更別說享受生活了。為了減緩這份焦慮，我預約了K書中心，努力考取了自己根本不需要的多益證照，就這樣不成熟地送走了那五個月的時光，那一去不復返的25歲青春，和曾經豐厚的存摺餘額。

大約是在心中出現「啊，我想工作」的想法時，我進入了第二間公司。我默默承受著壓力與慢性疲勞，一邊等待著一個月一次的發薪日，一邊度過職場生活，接著又迎來第二次離職。每當有空時，我就將當時的回憶和心情記在筆記本上，並將這些文字統整起來，製作了一本名為《不辭職，就辭世！》的書。我很開心能把自己的過去變成一本書，不過更棒的是可以看著這本書踏上連自己都沒有到過的地方，讓讀過的人們歡笑、彼此安慰。也多虧讀者們熱烈的反應，《不辭職，就辭世！》才能正式出版。

希望這些記錄著當時「只為了掙口飯吃的日子」的文字，可以成為我自己以及與我一樣在某處忍耐艱苦時光的你，剎那的安慰。

目錄

第1章　說不完的社畜辛酸

第2章 社畜今天也受震撼

第3章　這條路
　　　　真的是我的路嗎？

第4章 離職，終於倒數

第5章　再次開始的
無業遊民生活

我們做個約定吧！
自己拉的屎自己清！

第1章

社長的歇斯底里，忍了又忍一百次。
今天也一片丹心，只等待著發薪日。
像牛一般地工作，月薪卻少得可憐。
社畜只能等待著，那可悲的發薪日。

說不完的

社

辛

畜

酸

髒話
功力

「喂！你這個怎麼這樣處理啊？！」

「嗯？」

「靠，你這樣寄出是要我怎麼辦啊！」

「哪個？」

「這個啦！你這樣寄給業者我是要怎麼善後啊！
嘖，真是的。」

過了一會兒。

「組長，我好像是第一次看到這份文件耶？」

「喂，你昨天才弄好的，說不知道像話嗎？」

「我昨天休假。」

「啊，對喔，這個是○○弄的。」

《ㄋ逼逼逼逼。
那個 ×××××××× ！

今天髒話又進步了。

哈，
我今天也是一想到金部長，
眼淚就流出來了呢！

這個人怎麼這麼像樂透，
跟我沒一個地方合拍。

託部長的福，
我多了許多嘆氣的瞬間，
興起了回老家的念頭，
也浮現了歸隱田園的想法，
但為什麼就是沒有產生
力量呢？

說不完的社畜辛酸

李英愛
社長

英愛小姐 * 在樂園社工作，
後來成為李英愛設計的社長。

看著她作為社長經歷的那些故事和心路歷程，
我突然一陣揪心。

「啊，原來社長的心情是這樣啊！」
「我真不應該只想到自己。」

隔天，
和我們那脾氣火爆的社長打過照面後，
我產生了這樣的想法：

「啊，我們的社長，
並不是英愛小姐那樣溫暖的人呢。」

沒錯，我還是為自己著想就好了。

---

* 出自連續劇《沒禮貌的英愛小姐》，為韓國 tvN 電視台在 2007 年
  播出的電視喜劇，至今已播出 17 季，講述女主角李英愛在家庭、
  愛情以及職場上所發生的故事。

無愛
辦公桌

在美劇和電影裡，

或是看部落格和網路文章時，

總會不時發現，

人們在辦公桌放上心愛的人的照片或小盆栽，

帶著愛意努力裝飾自己的座位。

但是我不想在這個心早已離開，

身體也不知會在何時跟著離開的地方，

揮灑我的愛意。

我的辦公桌上除了工作物品之外，

沒有任何其他東西。

組長！

看久了覺得真討厭。
仔細看直叫人發瘋。
組長就是這樣的存在。

燃燒吧
上班魂

上班路上咳嗽扭到腰。
雖然幾乎痛到無法坐下、也無法踏出半步，
但我沒有回家，而是繼續往公司前進。

就算可能會痛到暈倒，
我也必須暈倒在公司。

並不是因為對工作的熱情跟責任感，
而是因為必須讓上司知道，
我有來過公司。

不要問、
不要計較

「你現在很忙嗎？」

「對。」

「幫我做一下這個。」

靠！

很忙吧？
看你最近每天加班。

啊，部長。
是的。
工作有點多。

不錯喔！
值得嘉許。
當作學習，
你要不要也
做做看這個？

嗯，
工作本來就是要
邊做邊學嘛！

…?

撐下去的
力量

離職很久後，
以前的公司打電話過來。

「過得好嗎？」
「工作如何？」
「現在的工作不適合的話，隨時都可以回來。」

我雖然並不想回去，
卻獲得了暫時撐下去的力量。

壓力

在您呼喚我的名字之前
我只不過是一個
平凡的職員罷了

當您呼喚我的名字之際
您向我走來
成為我的壓力

如同您呼喚我的名字
我也希望可以
把這般壓力和煩躁
傳遞給其他的誰
我也想走向您
成為您的壓力

我們都想把壓力十倍奉還
我想給組長
組長想給部長
那無法忘懷的
巨大壓力

撐下去
也是一種堅持

上班時，地鐵上，
站著的人們，

無精打采的肩膀，
毫無生氣的臉龐。

儘管如此，
他們看起來卻挺帥氣的。

把「工作」
視作夢想的人

難得星期五晚上在家度過，
我躺在客廳看「花樣青春 *」。

演出人員一一回答著「自己的夢想是什麼」，
而鄭尚勳 ** 的回答讓我無法忘懷。

「尚勳哥的夢想是什麼？」
「我想成為演技精湛的演員。」

「演員」是「職業」，
對他來說「演戲」就是他的「工作」，
他卻說自己的夢想是成為「很會工作的人」。

他把「工作」視作夢想的這段回答，
在每天把玩辭職信的我心中不停打轉。

---

* 韓國 tvN 電視台於 2014 年播出的背包旅行綜藝節目，目前共播出
三季，作者提到的劇情為第二季演出人員至冰島旅行的內容。
** 韓國男演員，曾演出《黃真伊》、《嫉妒的化身》、《有品味的
她》等多部作品。

WINNER

朋友聚在一起時，
話題總會帶到上司。

這時大家就會爭先恐後地將上司的惡行一吐為快，
不過只要我開口，最後的贏家
大部分都是我。

「欸，你們組長最糟糕了。」
「你們部長真的沒救了。」

媽的，真的是。
這可不是什麼好事啊！

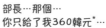

部長…那個…
你只給了我360韓元*…

金主任，
麻煩你拿這個
去買三個紅豆麵包，
五罐香蕉牛奶，
四個可樂餅。

你懂的嘛！

啊？

我請你
吃好料

星期五下午。

「如果你這個週末能來上班，
我就請你吃好料的。」

週末午餐時間，生菜包肉店。

「要吃什麼？
辣牛肉湯？泥鰍湯？*」

真是的，這個小氣的組長！
週末還要人家工作就該給錢，
要來生菜包肉店，就該給人家點生菜包肉才對吧！

---

*　在韓國若是聚餐或吃大餐，通常會吃五花肉等「肉」類食物，而辣
　　牛肉湯、泥鰍湯等則算是相對較平價的食物。

一年前聚餐
vs.
一年後聚餐

入社初期，我們部長的聚餐老戲碼：

「我的孩子我會負起責任。」
「放心跟在我身後就好了。」

入社一年後，我們部長的聚餐老戲碼：

「公司不會幫你們負責任。」
「你在公司的期間要自己累積能力，
不斷自我開發才行！」

部長，
我們就各自努力吧。
活在這個世上光過好自己的生活就夠辛苦了，
我從來就不曾指望您負起責任。
我打從一開始就沒有相信過您說的話。

我上班，
我改變！

自從我開始上班之後改變的事情：

第一，
過去的我抱持著「吃點虧也無妨」的想法過活，
但是進公司後卻馬上體悟到
吃虧只會變成冤大頭，
所以此後在公司，該為自己發聲時我絕不沉默。

第二，
我曾經認為應該「以人為先」，
但是在公司卻必須以工作優先。
因此，不知道從何時起，
我也開始將上司、同事們，
區分成會做事和不會做事的人。

組長是
大學生

我們的組長下午三點半上班。

吃午餐後睡了整整兩個小時。

還會無故缺勤。

活得像大學生一樣年輕。

明明最近求職如此困難，

連大學生也過得很辛苦的說……

冤大頭

連續上了 14 天的班，
一天都沒得休息。

現在是星期日晚上 10 點，
週末加班中，
我突然有了這樣的想法：

我才不是什麼
不分晝夜努力工作的
忠誠員工，
我只是一個冤大頭罷了。

一個冤大頭。

我！是個冤大頭！
我我我我我我是…
宇宙第一冤大頭啊啊啊啊啊！

冤大頭！
冤大頭！

一在公司的屋頂呼喊冤大頭

說不完的社畜辛酸

補習班

大家的心中都隱約明白，
我們一同所在的這個地方，
並不是終點。

所以下班後，
每個人都在打聽補習班。

早點說嘛

得了流感休假一天。
隔天。

「為什麼不再多休一天特休就回來了？」

為什麼今天才告訴我？
昨天就應該跟我說的啊！

為自己
發聲

殘忍的公司提出不合理的條件，
要求員工無條件遵守。

這一次我要是再不發聲，
往後面對各種不合理的狀況
都只能認輸了。

「我做不下去了。」

公司這才急著說：
「我給你加薪。」

原形畢露的公司，
非常可笑。

而我也再次學習到，
必須為自己發聲，才能存活下去。

比較

我的辦公桌、我的座位
不管它們好不好看，
都不要和其他公司比較。

因為在比較的瞬間，
我就輸了。

下班

人們都說遇到一個人無法度過的難關時，
就得和大家一起走下去。

但是就算只有自己一個人，我也得走，
因為和大家一起的話就走不了了。

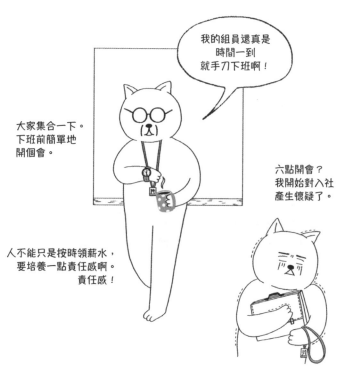

我的組員還真是
時間一到
就手刀下班啊！

大家集合一下。
下班前簡單地
開個會。

六點開會？
我開始對入社
產生懷疑了。

人不能只是按時領薪水，
要培養一點責任感啊。
責任感！

上班遲到時
把人罵得狗血淋頭，
結果遵守下班時間也要被罵。

說不完的社畜辛酸

部長的
書桌

部長的書桌上
放了許多
《好的領導能力》、
《組織管理》之類的書。

我在部長上班前瞞著他偷翻了一下，
書上有滿滿的劃線和星號。
但是……您怎麼依然如故呢？

部長與
父親之間

部長和女兒一起進公司。

突然意識到,
對我來說無情又小心眼的討人厭部長,
同時也是某個人的爸爸。
內心莫名感動的瞬間,
腦海卻又忽然浮現那些出自部長口中
如同在別人家寶貝女兒心頭釘上釘子一般
傷人的話語。

沒辦法。
對我來說,
部長就只是個無情的上司罷了。

興奮

星期日晚上，
我因為興奮而睡不著覺。

我要用平靜的心情做個好夢，
然後明天游刃有餘地準時上班。

因為組長休假到星期五！

傳說中的
徐社員

傳說中的徐社員在吵架時，
對組長說「不要把自己的錯誤推卸到無辜的人身上」，
結果吵贏了組長。

傳說中的徐社員指正了說錯話的部長，
還得到他的道歉。

傳說中的徐社員在社長爆氣大吼時，
也毫不畏縮地微笑回應。

你在哪裡？
回來吧，徐社員！

出差的
路上

「久違的兜風，開心吧？」

開心得起來嗎？

來去永遠的出差吧！
公司啊，掰掰，
再見，莎喲娜啦！

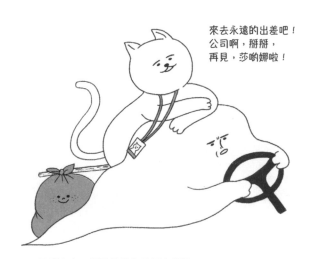

司機先生，請開得離公司越遠越好，
直到它看起來像個小黑點。

被耽誤的出版社

「這個字體用 Malgun Gothic Bold。」

「這部分行距再寬一點。」

「字距再窄一點。」

「這個字體大小 14。」

「這部分置中。」

「這部分置左。」

等一下。

我們公司是出版社嗎?

為什麼
要這樣對我

主管又被罵回來了。

雖然他是個討厭的上司，
但看他每天被罵的模樣，
心裡也莫名覺得不舒服。

本來是這樣想的……
但我卻成了他的出氣筒。

啊嗚！

算命店巡迴 1

我在前公司夢想著辭職時，
曾經去過驛谷 * 的算命店。

「馬上辭職去念書。」
「念書？你該不會是叫我去考研究所吧？」
「對！你得念書！」

畢業還不到一年又叫我念書，
我還寧願繼續上班。
我辛辛苦苦才畢業的耶！

　　* 地名，位在大韓民國京畿道富川市。

我們不要
為難彼此

和部長一起出差的路上，
他說自己為了賺生活費和孩子的教育費
而累得腰痠背痛，
在車上也一直喊著「快死了」。

部長，我也是。
別說結婚了，我連存款都沒有，
還要為了這少得可憐的月薪而累得腰痠背痛。

既然部長和我都辛苦到
忍不住喊著「快死了」的地步，
我們就別為難彼此了。

你在說話
還是放屁

「你為什麼在這麼忙的時候生病？」

生病也能挑時間嗎？

算命店巡迴 2

進入現在的公司之前，
我曾經以無業遊民的身分去過驛三 * 的算命店。

這個地方厲害到
曾讓我的一個去算過命的朋友哭著走出來。
果不其然，在我說出自己的生日之前，
算命老師劈頭就說：
「剛辭職沒多久吧？
辭得好。
你一個人就把三人份的工作都做了。
再待下去，
也一定會和老闆撕破臉。」

雖然我是在考慮了數百遍、
壓抑了數千遍之後才選擇辭職的，
但還是不禁懷疑「我這麼做好嗎？」，
老師的一句辭得好，
安慰了我這個無業遊民不安的心。

社員的
報復

第一，
詢問朋友、家人
有沒有什麼要列印的文件。
然後不用回收紙，而是用硬挺的新紙
彩色列印。

第二，
將公司的便利貼和其他文具
放在包包裡隨身攜帶。

社長，這下子我們就扯平了。
您不是也沒有給我週末加給和加班費嘛！

在公司發現樂趣
一點也不難喔!

要不要試試?

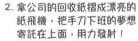

1. 一次用好幾枝公司的
原子筆繪圖。
EQ提升!

2. 拿公司的回收紙摺成漂亮的
紙飛機,把手刀下班的夢想
寄託在上面,用力發射!

3. 上班時在臉上貼公司便利貼,
同時做個鬼臉鬆開僵硬的臉
部肌肉。

4. 把臉貼在公司影印機上,
試試全新的自拍。

說不完的社畜辛酸

行不通

如此下去是行不通的，
這樣可不行。

必須有所改變。
必須有所提升。

我的月薪。

火鳥

組長，
你有沒有聞到燒焦的味道？

因為──
我正在怒火中燒啊！

下次再變成
無業遊民的話

從第一家公司辭職時，
我下定決心：
「這次一定要做真心喜歡、想要嘗試的工作才行。」
但是因為內心的焦急與不安，
最終還是進入了
對我說「來上班吧」的公司。

我不應該那麼焦急，
不應該如此不安的。

如果下次再變成無業遊民的話，
即使需要花費很長的時間，
我也想用怦然心動的心情，
而不是被追趕一般的心情找工作。

算命店巡迴 3

當辭職的慾望達到頂點的這一天，
我去了聽說很厲害的延新內 * 算命店。

「你現在辭職的話會有三個月只能當無業遊民，
先撐過今年吧！」

我為了辭職已經訂定完美的計畫，
你竟然給了我完全相反的答案，
我的心莫名地受傷，錢也白花了。

不是聽說這家店很厲害嗎？
我的辭職信都寫好了耶，怎麼辦？

---

* 地名，位於大韓民國首爾特別市恩平區佛光洞、葛峴洞邊界。

下班後，
拜託

下班後，拜託

週末不要打電話給我。

別讓我總是想把分期買的 100 萬韓元*手機給扔了。

　　　* 約新台幣 3 萬元左右。

部長就像我的家人一樣，
週末特別愛打電話給我。

部長是笨蛋。
是個週末、下班後
也只打給我的大笨蛋。

電梯

早上 8:55。
電梯門即將關上的瞬間，
我看到遠處的組長。

我比誰都迅速地
按下了關門鍵。

時間的
力量

　　掙口飯吃的日子來到了第三年。
我很努力地工作，但是得到的回應只有一句
　　「重來，你要走的路還很長。」

　　　　　　我的動力匱乏，
　　目光也經常飄往其他地方，
但我還是打起精神，繼續處理文件。

　　　　　　　　「工作時
　　總會有這種日子，也會有那種日子，
只不過今天遇上的是這種日子罷了。」

我的心志已經比初入社會時更加堅強，
　　　　　　這就是時間的力量。

算命店巡迴 4

我討厭無法長時間待在同一個地方、
總是想要逃出去的自己，
因為這種煩悶的心情，我又跑去算命了。

「是你的工作運不好啦！
放寬心，不用感到不安，
你就一邊嘗試各種事情一邊生活吧！
這些嘗試會成為你的基礎，
一切都會變好的。」

我好像突然領悟了
27 年來所不知道的祕密似的。

這三年間一直困擾著我的煩惱，
在一瞬間消失得無影無蹤。

忐忑
不安

旁邊的同事說
想要辭職。

「那麼他的工作，
不就全都變成我的工作了嗎？」

已離開的同事的空位，
被留下的同事的工作。

令人忐忑不安。

跨欄

幹麼總是說什麼「跨過難關吧！」

幹麼總是說什麼「這一次就好，努力跨過難關吧！」

公司又不是跨欄。

我們的
願望

部長的願望
是開排骨店。

組長的願望
是當公務員。

科長的願望
是直接放棄公司。

代理的願望
是離職然後搬去任何一個地方。

會議間從未感受過
我們一致的願景與方向。

我們的願望都是
離開公司。

拜託
身體

週末時不要生病啊，
要生病的話只能在上班日生病！

時不時暈倒一下吧，
只在公司暈倒就好！

一個月至少流一次鼻血吧，
最好很明顯地滴在工作報告上，
會議中流下雙邊鼻血也無妨！

星期六

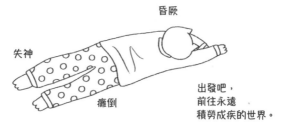

失神

昏厥

癱倒

出發吧，
前往永遠
積勞成疾的世界。

星期一

怎麼上班前全都好了？
昨天完全就是要
住院的程度啊！

現在氣色卻比
任何時候都要好，
這可恨的人體系統。

只有
一個問題

撇開對於自己被指派的工作
抱有的各種疑問，
我只想問一個問題。

發薪日還剩下幾天？

週末
上班

「才一天沒關係吧！」

什麼沒關係，
到底哪裡沒關係了！

就讓我們自己決定
要思考什麼吧

「你們要隨時思考
自己可以為公司做些什麼。」

部長，我不會叫您隨時思考
可以為員工做些什麼，
就讓我們自己決定要思考什麼吧！

對於香菸
的疑問

第一，組長為了抽菸，

一天來來回回到底花了幾個小時？

第二，自己的男人抽菸時不只聞不到菸臭味，

有時還讓我覺得就像電影畫面。

但是為什麼組長的菸味卻會引起頭痛呢？

怎麼想都覺得諷刺。

在害怕
什麼

雖然討厭卻又難以捨棄的「上班族」身分。
雖然少得可憐但是每個月都會穩定入帳的薪水。

這兩樣東西，
一隻手各握住一樣，
讓我最終只能停留在原地。

我想嘗試抓住其他東西，
就算只能摸一下也好。
即使沒有錢也不會馬上就餓死，
我到底在害怕什麼？

今天是發薪日。
明天是交房租的日子。
後天是信用卡的繳費截止日。
大後天是手機費的扣款日。
我正在徹底實踐空的美學呢。

午餐時間
都已經不夠了，
還要趁這個時間
才能到外面
好好地吹吹風。
你說是不是乾脆
別幹了？

但，還是得去公司啊……

翹掉研習
的方法

「下週五、六有研習，
我們部門全員都要參加。」

竟然奪走我有如黃金般珍貴的星期六。
竟然不顧我們的意願就強迫全員出席。
美其名是工作坊，其實不就是徹夜喝酒嗎？

這時有個新聞標題瞬間閃過我的腦海。

「假石膏因收假症候群而造成搶購」

我在辦公桌下偷偷拿出手機
打開 11ST *，
假石膏手套訂購完成。

---

　* 韓國著名線上購物中心。

「喂，你的手怎麼了？」

「啊，之前某天晚上跟朋友玩時受傷了。
其實現在也應該要待在醫院的，
但是好像不應該用電話告訴您……」

「沒有很嚴重吧？那就一起去研習吧！」

「因為手臂變成這樣，我這次就不參加了。」

「……唉，知道了。」

靠著海放演員的演技和超擬真假石膏，
研習 PASS！

這之後的兩個星期
我每天早上都提早 10 分鐘起床戴假石膏。

大家都是
這樣過來的啊

組長正一邊痛苦呻吟一邊和工作搏鬥。

定睛一看，發現那是我在前一個職場做過的工作。

臉色脹紅且氣喘吁吁的組長真令人不捨。

所以我什麼話也沒說。

「什麼時候該做什麼事情應該要自己領悟」，

我決定謹遵組長的教誨。

組長，請加油。

大家都是這樣過來的啊！

看著正在成長的組長，

我覺得心情莫名地好。

超級好。

工作
時間

工作時間，
就是我為了用自己的力量賺錢過日子，
所以把自我丟掉的時間。

公司
不變的法則

第一，

如果覺得這份工作值得一試，

就一定會有人搶在你前頭。

第二，

如果開心地去上班，

就一定會有人生氣。

第三，

如果下班後有約，

就一定會有人在下班前要你做事。

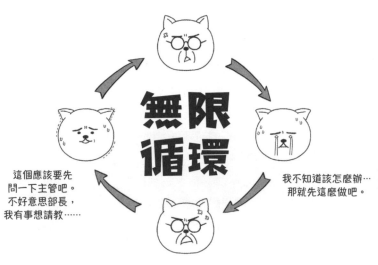

星期五
晚上

星期五晚上到星期六的凌晨，

不是經常會有那種很睏卻捨不得睡著的時候嗎？

因為睡醒時就是星期六了，

就是那即使睡到很晚也沒關係的星期六，

因為對星期五的結束莫名感到可惜

所以死撐著不睡。

在公司一邊忍耐睡意一邊工作時，

我突然有了這樣的想法：

現在的我正是在那一種狀態中啊，

硬撐著不讓自己睡著的狀態！

其實只要早點結束這種日子，

開始新的生活就可以了，

我卻擔心著「就這樣結束可以嗎？」，

然後停滯不前僵持著。

也許留戀是天生的吧！

幫我
罵一下他

「是我，你在忙嗎？」

「怎麼了？」

「你不忙的話，
幫我打 010-1234-5678 這個號碼罵一下人。」

「那是誰的電話？」

「我們部長的。」

等價交換

我沒有其他的期待與奢求，
只求能夠按照自己的薪資，
遵守約定好的數字，
只付出同等程度的勞動就好。

結果公司只給我少得可憐的工資，
卻希望我像牛一樣地賣命工作。

所以我一邊工作，
一邊一有空就打開 Kakaotalk 或瀏覽其他網頁。

我現在
正按照約定進行等價交換。

沒聽過等價交換嗎，等價交換？
只給我這些月薪，
卻要我做這～～～～～麼多工作？

沒聽過資本主義的
市場機制嗎？
信不信我用看不見的手
把你痛扁一頓！

喔？傾斜了？我就只做這些工作喔！
我只做這些喔！！
想要再叫我做更多事的話，就給我加班費啦！

社畜今天也受震撼

如果甘地是
上班族

「可以討厭組長，
但不要討厭工作；

「可以討厭公司，
但不要討厭月薪。」

他應該會這麼說吧？

前世

前世的我
可能是個遊手好閒的無業遊民吧！

因為前世沒做完的工作，
全都集合起來變成這一世的份了啊！

無論
忙或不忙

忙的時候
工作真的多到快要瘋掉，
閒的時候
時間真的慢到快要瘋掉。

無論忙或不忙，
我都得守在公司的位子上，
簡直快要瘋掉。

以為做了一半，
結果連三分之一都不到啊！

以為差不多四點了，
結果離吃完午餐還不到一個小時啊！

*　出自法文 Décalcomanie。為一種將圖畫與設計圖案由特殊處理過
　的紙張上轉印到一個另一個表面，如玻璃上的技術，也指稱超現實
　主義派畫家（Surrealist）的繪畫技巧，此技巧將一片剛畫好或者是
　剛上油墨的表面，加以壓印在另一個表面之上，以形成一個圖像。
　（節錄自《藝術與建築索引典》。）

89

統一
一下

好不容易做好報告資料，
組長說字體要使用 Gothic 體，
部長又說要改成圓體。

組長說字體太大。
部長說字體太小。

比起南北統一 *，
更急迫的是字體統一。

　　* 指南北韓統一。

就只是
工作

面對指派給我的工作，
我總是一邊在心裡罵著髒話，
一邊處理到差不多完成的程度後
就交差了。

它不會變成什麼偉大的業績，
也不會改變世界，
更不會讓公司成長，
就只是個工作罷了。

反轉

我以為只要有了工作
帳戶的餘額就會增加，

結果實際增加的
只有心裡的髒話和煩躁感。

像連續劇一樣

社長，你會看連續劇嗎？
連續劇裡，
主角們吵架時不是都會這麼說嗎：

「按照法律來，按照法律！」

我們公司不能也按照法律來嗎？
員工加班的話就要給加班費，
週末工作的話要給週末加給。
就不能按照法律給一下嗎？

唯一
機會

組長休假結束後
我也得馬上休假才行。

就這麼一次
可能有十天以上不用跟組長打照面的
唯一機會。

一定要把握住！

我下週一到五休假。
你休假就是下週的六、日、一。
沒什麼不滿吧？

……沒有。

現在順著我雙頰滑下來的
是眼淚嗎？

零食

「啊，有點餓。
金主任，有什麼吃的嗎？」

「沒有。」

怎麼可能沒有。
整個抽屜都是我的便利商店。

經驗的
兩面性

既然一年前
我已經歷過一次無業遊民的生活，
這一次應該會比第一次來得順利吧？

我用這種沒來由的自信
幻想著第二次的無業遊民生活，
但過去的這段經歷，
卻也同時在阻礙著我。

我會全力
支持你

「金主任，我會在背後全力支援你前進的 *。
你就努力試試吧。」

我就知道。
怎麼眼前竟是懸崖呢！

* 字面上的直接意思是「用力推」之意。

時間

一天結束了。
怎麼那麼晚。

週末結束了。
幹麼這麼趕。

屎

我們做個約定吧！

自己拉的屎自己清！

本來所謂的職場生活
就是要互相幫忙嘛。
我今天有點事情，
先走了。

…啊？

您要走了？
就這樣丟下
工作的爛攤子？

社畜今天也受震撼

選擇

鬧鐘把我叫醒時，
要馬上起床，還是再賴一下床；

上班的路上，綠燈開始閃爍時，
要趕快跑過去，還是等下一次綠燈；

一天就那麼一次的午餐，
要吃泡菜湯，還是辣炒豬肉；

組長的心情似乎不太好，
要現在，還是 10 分鐘後再請他確認報告等等，
無論如何我都必須做出選擇。

所以今天我做出了選擇。
我決定對組長齒縫間辣椒粉的存在保持沉默。

組長，出差一路順風。

哪裡都
一樣的話

組長說：

「職場生活

到哪裡都是一樣的。」

既然在哪裡都一樣的話，

那麼我可以毫無留戀地離開了。

工作的
趣味

「金主任，你在公司裡
做什麼工作時覺得最有趣？」

從組長寫的提案書中
抓出錯字的時候。

某天

某天突然有了「就算從公司離職
也可以過得很好」的想法。
我瞬間產生了勇氣，
彷彿可以完成什麼偉大的事情似的。

但又在某天，
我想起那自尊心摔落地面的無業遊民生活，
忽然害怕了起來。

雖然不知道什麼時候離開這間公司，
但在那之前的每一天
我想我也許會輪流懷抱著
這兩種截然不同的心情生活下去吧！

A.M.
1：30

星期一又不是什麼令人興奮的日子，
上班時也不會有什麼帥氣的男同事在等著我，
那我為什麼到現在還睡不著？

勇氣的
重量

雖然鼓起勇氣離開公司的同事很帥氣，
但是留在公司繼續忍耐的同事也帥氣。

也許忍耐的勇氣
和離開的勇氣
有著同樣的重量吧！

如果組長也能離開一下就好了。

監獄

天氣格外晴朗的日子，
我的視線常常離開螢幕往窗戶的方向飄去。

外面的溫度、微風、陽光如此美好，
如果這些美好的事物都必須隔著窗戶來感受的話，
那麼這個地方與其說是工作場所，不如說是監獄了。

每當我渴望用全身去感受四季的同時，
就格外地討厭公司。

看著窗外，
我想我們只是數百個窗戶中的
其中之一吧！

既然這裡
不是學校

「這裡不是學校，是公司！
你們不能只是努力工作，
還要讓人看到成果啊！」

我不是奴隸，是職員！
我不在上班以外的時間工作。
否則就拿錢來補償我！

不負責任的
安慰

「不知道是不是最近的工作比較辛苦，
大家的臉頰變得這麼消瘦。
忙完之後去吃肉吧！」

然後到了下週。
組長說的肉
竟然是雞肉 *……

---

* 在韓國講到吃肉通常會是去烤肉店吃五花肉或是韓牛等較高級的肉
類，雞肉算是比較一般的食物。

難以忍受的
時刻

擁擠的上下班途中，
有人在地鐵月台插隊時。

想說「差不多四點了吧？再忍兩個小時吧」，
看了看手錶，結果才兩點時。

午餐前三分鐘，
組長突然說要開會時。

因為私事而極度煩躁的上司
指派工作給我時。

我想在不久後辭職。

嗯？怎麼這麼突然？
是因為白天
被組長罵的關係嗎？
也不是一天兩天了，
再忍耐一下，撐下去吧！

聽到你這傢伙說什麼忍耐，
讓人更難以忍耐了。

社畜今天也受震撼

113

好好撐住

我付出自己的時間，
並獲取一個月入帳一次的薪水作為報酬，
然而最近卻開始對這種生活模式感到吃不消。

既然過去都這樣撐過來了，
既然現在也還撐得下去，
雖然不知道接下來還要撐多久，
希望在再也受不了之前，我能好好撐住。

雖然只是一瞬間，
但挺刺激的

重新下載了求職的 APP。
我的心彷彿已經在新的公司工作了。

雖然只是一瞬間，
但挺刺激的。

未生

我們的組長很晚才迷上連續劇「未生」*。

「我跟吳次長根本完全一樣吧？
工作做得好、有正義感、又會照顧職員。」

果然人最不了解的就是自己了。

---

* 此處指由韓國 tvN 電視台於 2014 年播出，改編自漫畫《未生》的
同名連續劇，講述男主角從圍棋選手到擔任貿易公司員工的經歷。
該劇因為真實描繪職場生活而頗受好評。

不聽我使喚的
時間

原本以為現在再忍耐一下，
將來遊刃有餘的日子就會多一點。

白天變短的季節來到，
本想把今年待處理的工作完美地收尾
然後早點去跨年，
然而，在看到比任何時候都更加爆滿的行事曆後，
我的思緒全亂成一團了。

因為這些令人力不從心的種種，
我每天越來越常嘆氣，
但又總會心想在這樣的日子裡
說不定也會發生意想不到的小確幸，
因此覺得或許自己也應該好好緊抱
那些不聽我使喚而流逝的瞬間。

飯桌上的
教育

黃晸玟 [*] 曾經說過這樣的話：

「我只是在工作人員準備好的飯桌上，

動動筷子和湯匙罷了。」

組長曾經做過這樣的事：

他掀翻員工準備好的飯桌，

一邊嚷嚷著「重新準備」。

公司的教育訓練中最為迫切的

是飯桌上的教育。

---

[*] 韓國男演員，主演《國際市場》、《辣手警探》、《哭聲》、《軍艦島》等多部熱賣電影。作者引用了黃晸玟在第 26 屆青龍電影獎的得獎感言：「我只是享用了工作人員精心準備好的飯菜，卻只有我獲得聚光燈的注目，真是抱歉。」，謙虛表示能獲得該獎項實際上是因為工作人員的辛苦付出，自己只是代表領獎罷了。

第 3 章

思春期現在才來，現在才擔心前途。
誰知道我的專長，我的道路在哪裡？
坐在公司的屋頂，俯瞰著辦公大樓。
我的天啊我的路，難道就只在這嗎？

這條路

真的是

我的路嗎？

退休金

上班日數 832 天。
思考離職次數 93846 遍。

如果將思考離職的次數
算成上班時數，
我的退休金根本是高層等級。

到了
這個年紀

曾天真的以為到了這個年紀，
就能成為「什麼」。

距離今年結束只剩下一週的此刻，
我靜下心來思考，
發現自己從沒想過
未來想要成為「什麼」。

只覺得茫然。

凄涼

領薪水這個行為，
是我付出勞力所換取的正當代價。
如果我對其中的骯髒與卑鄙之處表達憤怒，
只會得到「大家都是這麼活著」之類的回答。

不只有我，
大家都很辛苦，所以我就必須忍耐嗎？

不管是向對方表達憤怒的我，
還是說著大家都是這樣所以要我忍耐的你，
都很凄涼啊！

我又不是奴隸啊啊啊！
月薪只給這麼一點
卻指使人做這麼多工作啊啊啊！

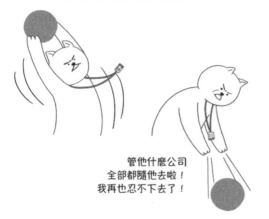

管他什麼公司
全部都隨他去啦！
我再也忍不下去了！

離開之後
有其他地方可去嗎？
忍耐吧，大家都是
這樣過來的。

這條路真的是我的路嗎？

季節

想隨著春風離職。

受不了夏天的酷熱想離職。

想隨著秋季的藍天離職。

害怕冬天的寒冷想離職。

這什麼
邏輯

「聚餐也算是工作的延伸，
大家都要參加。」

「明明月薪就沒有延伸，
這什麼邏輯啊？」
我很小聲地說。

為什麼
如此活著

公司最舒服的地方
莫過於化妝室了。
躲在化妝室裡發呆，看著外頭，
這才感覺到季節的火熱。

季節交替，而我留下了什麼回憶呢？
我在這裡做什麼呢？

最近只能日復一日地苦撐著，
我想暫時停下來感受夏天的熱烈陽光，
我想為了現在的自己而活，
而不是為了過去或未來的自己……。

不要再說這些不懂事的話了，
就再忍耐兩小時五分鐘吧！

每天都是咬牙苦撐的生活呢！

山

　　學測、指考、畢業、就業，
曾以為自己已經越過了重重高山，

　　上班、業績、組長、部長，
這才發現必須越過的山無窮無盡。

　　　　今天，
　　我也必須平安地
越過名為「低氣壓組長」的山，
　　　　安然下班才行。

煩躁

在公司產生的煩躁，
應該要在公司解決，
卻只能在家裡釋放。

對根本沒有做錯什麼的媽媽，
我感到超級愧疚。

唉，就說我早上太忙沒空吃會直接出門，
她就一定要這樣，真是的。

就叫她再多睡一下，
讓人怪抱歉的，
我們鄭女士
都快變成奶奶了呢！

公司啊，
謝謝你

在這個沒有永遠的飯碗，
壽命又普遍增長的時代，
現實中別說是下酒菜了，
連「要做什麼過活？」這件事
都讓人傷透腦筋。

公司啊，謝謝你。
多虧你
我連怠惰的空隙都沒有。

｜其他人稱讚我，

┐搶在想要謙虛回應的我之前

因為我教的好。」

?

說啥呢

有時聽到

組長總會

這麼說：

「那是因

說啥呢

星期五的魔力

晚上 10 點。

如果是平常的話，我會一邊看書

一邊不斷與睏倦奮戰，

但奇怪的是身體卻覺得很舒爽。

想了想原因，

原來明天是星期五。

同一艘船

您不是說我們都在同一艘船上嗎？
是您說我們的團隊要同舟共濟的。

但是為什麼剛剛開會時
大家都跳下船
只留下我呢？

請馬上回到船上吧！
哪有這樣的。

組長。
組長您不是說會負責⋯⋯
不是說您會負責報告嗎?

但是為什麼⋯⋯當社長大喊著
「這是誰的點子?」時
您卻看著我呢?為什麼?

這條路真的是我的路嗎?

辭職的慾望高漲時
做的事

第一，將書桌上四處散落的文件
分別整理成要碎掉和要再利用的紙張。

第二，整理書桌抽屜中的個人物品。

第三，擬定交接書。

第四，整理電腦裡的檔案。

第五，想像離職的那一天。

整理心情的
時間

整理不舒服的心情
需要時間，

就像飯後消化
也需要時間，

公司一如往常地折磨著我，
卻連讓我整理想離職的心情的時間
都不給我。

收支平衡

不管拿下多少案子，
就算每天照常加班，
即使週末也要上班，
我的月薪卻始終如一。

最近總是想到收支平衡。

辛苦的
日子

今天覺得自己氣血特別不足。

組長的不耐煩、
部長那根本不好笑的大叔笑話、
社長那一點幫助也沒有的建言。

原來幸福
這麼靠近

一整天什麼工作都沒辦法做。
實在沒辦法做。

除了我以外的同事都出差了。
只有我一個人的幸福辦公室。

空位

離開的人
和留下的空位
令人深感惋惜，

但隨著時間流逝，
他們的勇氣、
他們的行動，
卻讓我由衷羨慕。

忍受的
人生

只有堅持到最後的人，
才能獲得勝利。

但是，我的人生
並不是為了勝利而活的啊！

**南無阿彌陀佛
管他公司音菩薩。**

現在就這麼辛苦了，
如果忍到部長的年資，
離職的時候說不定真的會出現
38個舍利子也說不一定。

這條路真的是我的路嗎？

殘忍

每當覺得公司殘忍不已的時候，
會忍不住心想：
「難道是總想著要逃跑的我太懦弱了嗎？」。

沒有人可以給這個問題
留下正確的答案，
雖然我也不認為會有答案。
畢竟比起自己的懦弱，
公司的殘忍可能才是更大的問題。

剩下的
年假

原來是這樣消失的啊。

跟 12 月的月曆一起。

無法觸摸跟擁抱的

我剩下的年假。

就跟泡沫一同消逝了啊！

戀愛
與公司

過去那段義無反顧的戀情，

儘管最後燃燒殆盡，

隨著季節獨自回味時，卻也充滿了回憶。

我在公司不斷忍耐，

像是要把自己燃燒殆盡般地工作的這段時間，

最後卻只為我留下滿滿的黑眼圈和對公司的懷疑。

果然比起事業成功，還是愛情比較好吧！

宇宙

當你有強烈渴望時，整個宇宙都會聯合起來幫你。

就像被上司罵得狗血淋頭時，
我只要打起精神就好，
往往就會出現其他事情來分散我的注意力，
當然，也不是什麼新奇的事……
而在這之前，
我只要專心想著今年一定要達成的核心目標
——離職後，好好振作精神——
我必須下定決心
努力做到這件能集中宇宙能量的事才行。

feat. 藍色小屋 * 的她

---

* 藍色小屋指南北韓交界處的代表建築物，只要進入藍色小屋就能跨
越對方的國界，作者以南北韓對立暗指自己想要逃離公司（北韓）
的心情。

加油

組長變了。
臉色很差，話也變少了。

「組長，最近發生什麼事了嗎？」

「我以後要做什麼過活啊？
年紀再大一點的話，就沒辦法繼續做這份工作了。
要跟朋友創業嗎？還是學新技術呢？」

「您現在的工作做得很好，
一起按部就班地為將來做準備吧！」

我必須無條件比組長您先離開，
所以短時間內得好好照顧您了。

組長，加油。

金主任，
我是不是乾脆辭職算了？
還是要用資遣費做生意？
唉…要不要開個炸雞店呢？

請不要說什麼
想做生意之類的話了。

做餐飲是不行的。
上次去員工旅遊的時候，
你不是把肉都烤焦了嗎？
連最簡單的泡麵也不知道該加多少水，
還提什麼生意呢，還是好好上班吧！

這條路真的是我的路嗎？

矛盾

把自己的工作推給下屬，
卻說這是工作指導。

秋天

既然要離職，
那就應該在可以盡情享受秋天的此時
離職才對。

但是，我為什麼還在猶豫？

喜歡的工作
的陷阱

比我早出社會的弟弟
在選擇了自己喜歡的工作之後變了。

為了在冷酷的現實中生存，
他的性格漸漸變得鋒利。

弟弟說：
「我曾經那麼喜歡這份工作，
現在卻變得非常厭惡。」

把喜歡的事情拿來當成飯吃的那瞬間，
它就諷刺地變得有如仇人一般。

呵欠

上班途中地鐵裡的上班族 A，

在遮著嘴打呵欠時

偶然和我對到眼。

就算你不開口我也都懂。

加油！

聚餐
後遺症

每個人都藉著酒意，
說出自己一直以來隱藏在心中的鬱悶，
嘻嘻哈哈地笑著。

隔天，所有人都耿耿於懷。
果然聚餐的歡樂就只存在於當下而已。

真不該說組長燙的頭髮很奇怪的。

視力？
怎麼突然…你要幹麼？

鋪…鋪長…
你的視力⋯⋯
很差嗎？

欄住他！

請您拿下眼鏡吧！
不是啦，我要做一件事。
請拿下來吧，蒸的一次就好。

這條路真的是我的路嗎？

同床
異夢

「跟我一起工作學到很多吧？」

我學到的是
人不能這樣工作呢！

不怎麼樣

當乙方的時候，
接電話的姿勢像小狗一般，

當甲方的時候，
連敬語都懶得講了。

這個人還真是不怎麼樣。

那個

「那個，上次說的。」
「嗯？」

「就是上次說的那個啊！」
「什麼時候？」

「上次。」
「……」

「你不記得了？」
「什麼？」

「就是那個啊。你連那個也不知道？啊？」

那麼來問我的你
又知道了嗎？

雖然
想停下

雖然想停下，
卻害怕因為再次停下
而變成軟弱的人。

上班族的
夢想

學生時期的夢想
是快點就業賺錢，

現在我的夢想
變成了快點辭職。

對於沒有夢想的我，
公司給了我夢想。

手刀下班的夢想，
做多少領多少的夢想，
以及瀟灑地離職後
不用擔心三餐著落的夢想。

為了實現夢想而努力，
我是不會放棄的。

這條路真的是我的路嗎？

關於
討厭公司這件事

討厭公司，

結果發現

討厭的其實是人。

晚餐

「晚餐要吃什麼？」
「點披薩邊吃邊工作如何？」

「部長不是說討厭披薩麼。」
「那簡單的三明治呢？」

「你不知道我討厭三明治麼。」
「那久違的麵食如何？」

「那個不是飯啊，
乾脆去吃泡菜湯吧！」

這樣還不如不要問。

數字的
奴隸

受夠了公司的無恥，
離職的想法在我心中熊熊燃起，
但看了看存摺上的數字
我瞬間停下了腳步。

「再存一點吧？」

哎呀，我真是金錢的奴隸啊！
數字的奴隸啊！

話
只是話

為了聽到「不愧是你！」、「做得好」，
為了那瞬間的滿足和成就感，
在超出合約範圍的時間外揮灑著能量，
重複個幾次後，
就會意識到自己的行為有多麼的空虛了。

「不愧是你」和「做得好」
在被說出口的瞬間，
就只是消散在空氣中的「話語」罷了。

日復一日

某些日子我覺得自己還能忍耐下去，
卻又在某些日子
想立刻從辦公室飛也似地衝出去。

就這樣日復一日地勉強著去上班。
度日如年。

每天早上，每一天
都在上班前就滿心想著下班的我
真是始終如一。

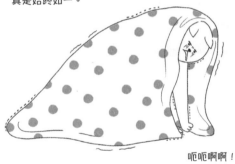

呃呃啊啊！

低谷

曾經清晰的目標和夢想
隨著時間變得模糊，
現在則是消失得無影無蹤。

一天忍耐個五次，
沒什麼了不起的，
只是巴望著星期五的下班時間而活著。

連一年後的自己都無法想像的現在，
我到底過得好不好呢？

抉擇

現在，我必須作出抉擇。

是要每天一邊抱怨一邊上班，
還是為了停止埋怨而離職。

第4章

忍耐的人如何，離開的人又如何。
昨天雖是如此，今天卻無法忍耐。
迫切渴望離職，再這樣活不下去。
離職信寫好了，何時該提出好呢？

離職，

終於倒數

猶豫

我已經把辭職信印出來
放進文件夾了，
都已經來到這一步，
怎麼現在才開始猶豫呢？

也許是自由與不安
正同時騷動著吧！

此刻

離職並不一定要在「此刻」，
我也可以再忍耐幾個月、
或是一年。

但我想是時候該停下了。
我認為必須是現在。
我不想再耽擱，
更不想再忍耐了。

或許會因為沒有對策而感到害怕，
但是無論如何，這些都是遲早要面對的事。

討厭公司
的理由

沒發加班費，
員工準時下班時一邊說人家「手刀下班」，
一邊給人臉色看的奇妙邏輯。

週末沒給加給，
還說著
「如果工作很多的話週末當然也要來上班啊」
那般的無恥行徑。

要我照指示完成工作，
事後竟然說自己「什麼時候要你這麼做了？」，
一邊扯到其他事情上的金魚腦上司。

工作量超多，
卻不打算擴編只強調犧牲奉獻的殘忍組織。

我決定
不再不安

目前為止我下過的所有決定，
都是經過無數次思考後做出的最好的決定。

所以我決定不再不安了。

痛快感

思考著什麼時候該交出辭職信，
緊摀著怦怦作響的胸口，
我數到十觀察著時機。

遞出辭職信時
感覺到的爽快，
還有主管表現出的驚慌失措，

讓這段時間的委屈
一瞬間都化為痛快感了。

遞出
辭呈後

遞出辭呈的今天，有三個長官約談，
明天也陸續有其他約談，
但是曾經一心向著公司的我，
已跟著原本在我懷裡的辭職信一同離開了。

「絕不會挽留想要離開的人」，
平常總是把這句話掛在嘴邊的組長，
現在卻緊抓著我說：
「你不覺得可惜嗎？一直以來都那麼辛苦。
就這樣離開不覺得可惜嗎？
你馬上就要加薪了，也快要升職了，
再多累積一點經歷，再考慮一下吧！」

但是關於這些問題我已經考慮過數百遍。
我可以很有自信地回答，
一點都不可惜。

溫暖的
夜晚

遞出辭呈的今天，

下班後回到家，

我久違地對媽媽和妹妹溫和地應答。

過去因為疲勞和睏倦等等理由，

無法對最親近的人溫柔以待，

然而我今天做到了。

交給雙手

「哪一個上班族的心裡
不是隨時都放著一封辭職信？
我也一直放著啊！」

組長，
不要放在心裡，
請交給雙手吧！

你以為只有你辛苦嗎？
我每天也都在心底底底底底
提了幾百次辭職！
我啊，你知道嗎？寫的辭職信
收集起來都可以寫《三國志》了啦，
《三國志》！

今天也要坐計程車
回家了。

明明說了
「這段時間辛苦你了」，
要幫人家辦送別會的不是嗎？

義氣
與愛

要義氣就去找朋友，
想要愛就去找家人。

對於員工，
請不要期待那所謂的義氣與愛了。

曖昧的
年紀

「你不是 20 幾快 30 歲了嗎？
這個時間離職的話太曖昧了不好啦！」

那麼要等到像組長一樣，
30 幾快 40 歲再離職比較好嗎？

那麼要等到像部長一樣，
40 幾快 50 歲再離職更好嗎？

反正都要離職，
我決定現在離開。

中了
一刀

和部長經過幾天的面談後，
終於確定了離職的日期。

部長一直說著捨不得，
還說今天的午餐不要去平常吃飯的小吃店，
一起去大餐廳吧！

他一邊說著能一起吃飯的日子沒剩下幾天了，
一邊前往的地點不是別的地方，
正是泥鰍湯店。

我不敢吃泥鰍湯耶⋯⋯
總覺得背後中了一刀。
媽的。

反咬
一口

公司對提出離職的我說：
「這段期間教導了你這麼多的事，
結果你卻要走了。」

我對被我拋下的公司說：
「這段期間我為你做牛做馬，
結果我卻變成這樣。」

地獄

「公司外面就像地獄一樣喔，
你再考慮一下吧！」

我少陰 * 體寒。
比起戰場般的公司，
地獄比較適合我。

* 出自韓醫四象醫學中的「太陽」、「少陽」、「太陰」、「少
陰」，一般描述人的體質。

這邊是
死神部長

那邊是
閻羅王專務

還有哪裡更像地獄？
這裡不就是地獄。^^

別擔心

雖然你表面上擔心我，
說我此時離職的話會讓經歷看起來模稜兩可。
但我是知道的。

其實，我知道
你不是在擔心我，
而是在擔心自己。

你在擔心要挑選新人、訓練，
還得和新進員工重新培養默契的自己。

看來你不知道，
人到了接近 30 歲，是有能力區分
別人說的話是出於真心還是假意的。

坐立
不安

坐在辦公室裡的我，
身體和心都很沉重。

明明只是提出離職，
卻彷彿自己犯了什麼大罪似的，
莫名地畏縮了起來。

今天也坐立不安。

早該
想到

我早該想到，
同事們在離開公司時經歷過的
那些骯髒無恥殘忍的瞬間，
同樣也會找上我。

當初沒能好好抱一抱
那些離開的人，
我的心中有些遲來的不舒服。

當初

想道謝時就好好地道謝，
感到抱歉時就真心地道歉，

如果公司當初這麼做了的話，
也許我現在就不會那麼恨了。

面試者

在我決定離職日期後，
公司開始陸續地面試
將要接替我的位置的人。

偶爾遇到面試者時，
因為沒辦法直接說出口，
我每次都只能用眼神示意：

「快逃啊！不要來這裡啦！」

等待號碼103號，
準備好的話就請進。
哈哈哈。

新人面試

請不要來這家公司

那個人
為什麼這樣？

好的！
（怎麼回事？）

眼神怪怪的。

離職前
要做的事

說著「就算熬夜也要在一週內給我完成！」，
然後交給別人足足要花三週才能完成的工作，
在截止前一天還不幫對方確認，
只會反覆無常的一下這樣一下那樣。

我只好向深受那連我也無法理解的自家公司
厚臉皮和耍大牌行徑所困擾的
合作企業負責人，
寄出帶著感謝與抱歉的郵件。

心情
從容

雖然還無法從容地把一本書讀完，
但是從現在起的每一天，
我都感覺自己心中滿滿的興奮
覆蓋了原本的害怕。

我的生命中很少有機會做出這種奢侈的決定。
但也多虧如此，我的心情變得更加從容，
也能以更寬闊的心胸去理解他人。

所以我決定停止遺憾，
不再與擔憂為伍。

離職
之於大家

離職是組長、部長
總有一天要面對的現實。

我只不過是早一點面對現實罷了。

可惜

他們說為我感到可惜、傷心。
我則回答太遲了、我很失望。

請別說你覺得可惜。
請別說你有多傷心。

如果把這段時間
經歷過的可惜和傷心寫成文章，
我都可以出一本書了。

忍耐

辛苦的不只我一個人，
我知道
每個人都因為肩上背負的壓力而感到吃力。

所以我選擇忍受。
但絕不是因為
我自己願意才忍耐的。

我就是為了這種結果
才一直在週末幫部長
做他沒完成的工作嗎
根本是吃力不討好…

真是累死了。

嘿咻！

忍耐受苦，
果實卻是他人嚐。

離職
前夕

正式離職前幾天，
朋友對我說，
羨慕我在時間上多了許多餘裕。

大家深受慢性疲勞所苦，
每天都在苦撐，
所以羨慕多的是時間的「準無業遊民」
也無可厚非。

多出許多空閒時間的確很令人振奮。
但最令我心動的是
可以開始嘗試一直以來
因為沒有空閒時間而錯過的事物。

小小的
義氣 1

組長遲到時，
如果部長剛好要找他，
我就會這麼說：
「他說要先去客戶那裡再進公司。」

雖然討厭他，
但我還是想講講義氣啊！

小小的
義氣 2

組長今天也被部長罵了。

「工作不會好好做 * 嗎？」

「每天都工作到凌晨，
腰要怎麼挺直啊？」

我代替他如此回答。

在心裡。

　　　* 韓文中同字的另一個意思為「挺直」。

你真的覺得
可惜嗎

「整理得還順利嗎？」
「嗯。」

「交接書好好寫。」
「我寫好了。」

「你要離職了還真可惜。
啊對了，你螢幕上貼得亂七八糟的那些東西，
稍微整理一下。」
「怎麼了嗎？」

「我要拿你的螢幕來用，
想說趁這個機會一次用兩台。」

組長，你真的覺得可惜嗎？

Best Timing

「下週六要去登山，
所有人都要參加。」

職員們的表情立馬皺成一團，
而我卻在其中歡呼。

我這週離職耶！

碎紙機

我把藏在書桌跟抽屜角落的紙張
收集起來放進碎紙機。

看著破碎的紙張，
我想著這些如果都是錢該有多好。

如果這些都是錢，
我就不用等待離職的那一天到來，
直接在這裡撒一把錢然後離開公司就好了。

我如此想像了一番，
很快地再次打起精神。

我想著離職前一定要認真工作，
然後將屬於我的勞動成本通通帶走，
連 10 韓元都不放過。

10 韓元。

選擇題

基本上公司職員的選擇並不多。

我的選擇是奠基在公司的選擇之上，
而我如果選擇了自己想要的案子，
就會擔心從那一瞬間開始，
接下來的工作會全部落到同事的肩上。

所以我充其量只能從那些公司給予的選項中，
選擇一兩個。

這件事我們組會負責。
憑朴代理、金主任的實力，
只要一天就夠了。
不對，三個小時就可以了。
哈哈哈。

那個，部長？
我明天要提案耶？

……唉

親愛的組員們，
我相信你們！！

地鐵

「上班的日子也沒剩幾天了呢！」

我在上班的路上回想著過去這段時光的回憶，
結果對面的出入口突然有個熟面孔映入眼簾。

是組長。

立馬移到其他車廂。

給新人的話

別再看電視了。

連續劇裡出現的公司
現實中並不存在。

連續劇裡出現的值得尊敬的上司
現實中也不存在。

請關掉電視吧！
現在馬上關掉。

不要再抱有幻想了。

最後的
午餐

「你想吃什麼？」
「義大利麵。」

離職的那天，大家分別搭車
一起去吃午餐。

最後一次一起吃的午餐
讓人有點捨不得。

「啊，好油。」
「沒有泡菜嗎？」
「喔嗚，吃不下去了。」

啊，果然「捨不得」這個詞
跟公司是八竿子打不著。

送別會

把那些令人不滿的瞬間都放在一旁，
多虧「最後一天」這個好藉口，
我們第一次也是最後一次
真心地互相鼓勵。

沒有任何留戀與惋惜。

第5章

雖說無業遊民好，卻有點想念月薪。
雖說會充滿不安，卻總算活了過來。
這幸福的滋味啊，過去怎麼都不知。
早知道離職的好，就該早點行動的。

再次開始的

無業遊民

生　　　活

陌生感

離職之後我罵髒話的次數變少了。
彷彿從一開始
就不知道何謂髒話似的。

國民年金
繳款單

你是怎麼知道
我已經離職了？

看你這麼快就寄來繳款單，
還真是勤勞啊！

我短時間內都交不出稅金了啦，
請忘了我吧！

依靠

過去依靠著公司生活，
現在我得完全靠自己過活了。

偶爾興奮，
偶爾沉重。

如果減個肥的話，
是不是能稍微過得輕鬆一點啊？

習慣

總是在這個時刻睜開眼睛，
　　　　　現在是早上 6:11。

　　　肚子餓的時刻，
　　現在是中午 11:55。

開始感到焦急的時刻，
　　　　現在是下午 5:55。

　上班、午餐、下班，
　　現在都得放下了。

了解自己
的過程

也許是從沒嘗試過的關係吧，
原本以為只要踏出第一步應該就能做的很好……

體驗過那段被公司絆住而什麼都不能做的日子，
現在我瞭解了。
「我認為的我」與「真正的我」
其實有很大的差距。

把花了四個小時做的裱花蛋糕
拿給家人看之後才發現。

「啊，這不是我該走的路啊！」

這是一條條刪去
人生中各種選項的
了解自己的過程。

feat. 不懂客套話的家人

一邊填滿
一邊消失

填滿空白的日常，
迎來空白的存摺。

經驗一點一點地累積，
資遣費一點一點地消失。

今天也是，明天也是，
一點一點地一邊填滿一邊消失。

不用上班
這件事

不用上班這件事，
讓習慣了公司空調的人，
開始學會享受四季的溫度。

讓人像瘋子一樣哼著歌，
一邊洗澡一邊大笑。

讓人可以感嘆並享受著
過去被關在公司裡時所不熟悉的他人日常。

讓人在下雨的日子，
也能笑著將濺到小腿上的雨水和泥土抖掉。

讓人即使面對令人煩躁的狀況，
也能擁有悠閒度過的從容。

讓人在每個瞬間不由自主嘻嘻傻笑著，
讓黯淡的皮膚也變得容光煥發。

離職後
體脂肪下降了。

離職後
脾氣變好了。

離 職

離職後
鼻子更挺了。

離職後
好像長高了。

離職後
肌膚變水嫩了。

我離職了！！！
♥喔耶！^^♥

後繼者

離職後跟公司同事聯絡，
作為我後繼者的職員不知道是不是特別漂亮，
聽說這幾天組長總是笑咪咪的。

一個月後，
那個漂亮的職員實在太不會做事，
聽說這幾天組長總是氣呼呼的。

三個月後，
那個漂亮的職員連家教都沒有，
聽說組長連話都不搭了。

我噗哧笑出聲。

明天要
做什麼

變成無業遊民之後，每天睡前我都在想：

「明天要做什麼？」

24 小時全部都是
屬於我自己的時間，
這還真沒有想像中美好。

離職前想著：
「我要做這個還要學那個」，
現在反而對突然多出的時間感到害怕。

散步

走路走一走靜下心想，
意識到自己最近
只對錢充滿了慾望。

我想著「最終還是錢麼」，
暫時坐在長椅上，
鳥叫聲傳來，
我感受春光，
看見綠樹。

啊，我就是為了這些離職的啊，
為什麼這段期間
沒對這樣的時間產生慾望呢！

正在融化

時不時被障礙物
絆倒而感到挫折

也仍會感謝小小的事物
被小小的事物感動

我在公司培養出的
冷靜與鋒利
現在才正在融化

名片

在公司上班時用不太到名片，
結果離職後反而有交換名片的需要。

過去只需要用那張小小的紙
就可以簡單介紹自己，
現在卻得在沒有那張小小的紙的情況下，
一字一句地介紹自己。

在拿著名片的人群中，
想起以前堆在書桌抽屜的名片，
但，現在這樣也不錯吧？

可以介紹無法涵蓋在一張紙上的
真正的我。

公司的錯
1

我以為我變胖都是公司的錯，
但是從離職後還是持續變胖的這件事情看來，
可能不全然是公司的問題。

但是現在也持續變胖
一定是因為在公司養成壞習慣的關係。

就算已經離開了公司，也都還是公司的錯。

公司的錯
2

許久不見的朋友問：

「看來職場生活很累吧？
你的臉超不像樣的。」

我離職了耶……
離職五個月了。
很舒服地過生活。
現在的臉是最佳狀態耶！

都說離職之後臉會變好看，
結果現在連怪公司的理由都消失了。
該怎麼辦呢？

只為自己的
時間

變成無業遊民之後，
時間多得快要滿出來。
以前在工作上消耗的能量
現在全都只為我自己所用。

雖然不如想像般甜蜜，
但是在滿溢的時光中，
我開始認識
過去所錯過的、不曾瞭解的自己。

放下了工作給我的安全感與月薪，
我擁有了些許不安和真實的自己。

不安

好像應該要做些什麼，
我總是不安地思考著，
一直這樣什麼都不做，
虛度著時間沒關係嗎？

唉唷，什麼都不做又怎麼了？
為什麼一定要做些什麼呢？

我又不是機器，
一定要做有生產力的事情嗎？

懶惰萬歲！
請保障他人
懶惰的權利！

在這麼好的天氣裡
出來吹吹風、睡個午覺，
這才是人啊！

再次開始的無業遊民生活

時間
是良藥

「我們組長真的是⋯⋯！」
「我們次長真的最爛了！」

每個人都忙著罵上司的這一刻，
我那曾經比任何人都還熱情的雙脣
卻沒有想要張開的意思。

「我們組長有很壞嗎？」

「時間是良藥」這句話也許是真的吧！

feat. 離職第六個月

近況

勉強度日。

上班的時候忙著買衣服，
以致現在就算不買，
衣櫃裡的衣服也足以穿上好幾年，

雖然過著連一萬韓元 * 都珍貴到
使用前要考慮好幾次的生活，
但我依然努力把錢花在刀口上，
勉強度日卻過得很好。

---

* 約新台幣 300 元。

不

離職超過半年，
每個人都會問：

「你不想回去嗎？」

「不想。」

「你不後悔嗎？」

「不會。」

一萬韓元

在公司上班的時候，
就算一個小時什麼都不做
也還是可以賺到錢，
然而現在如果不下定決心，
連一萬韓元也賺不到。

當我刻骨銘心地體會到
「賺一萬韓元原來這麼難啊」的同時，
不禁這麼想：
為什麼在公司時
不認真一點翹班咧？

平凡
的人

辭職不過讓我從平凡的上班族
變成平凡的人罷了。

我並不是義無反顧，
也沒什麼了不起的。

貸款
電話

總是像鬼一樣悄悄地找上門來，
你到底如何得知我現在是無業遊民的？

拚命婉拒，
你卻堅持要借我錢，

如果那些錢不是要直接送給我的，
就別再打電話來了。

「我不需要」，
我高傲地掛斷電話。

feat. 不過你剛才說利息是多少？

用只屬於自己的步調
生活著

朋友們都在人生的道路上遙遙領先，

那之中只有我一個人

衝撞、跌倒，

挫折、落敗，

堅強地

用只屬於自己的步調生活著。

但是朋友們，你們說發薪日是什麼時候來著？

給
夢想辭職的人

請創造一本當你的心動搖時
可以成為安慰的豐厚存摺。

請不要對離職後的生活、
無業遊民的日常
抱有幻想。

公司外
的生活

即使我離職了，公司還是好好地運作著；
即使我成了無業遊民，地球還是好好地轉動著。

他們說公司外將會是地獄，
出來後卻發現公司裡才是。

公司外的生活比想像中更無憂無慮，
比想像中更值得體驗。

離職萬歲♪

那張員工證，
請幫我丟到印度洋正中央！

只是丟掉
一張員工證，
身體卻輕得好像
能飛起來似的。

再次開始的無業遊民生活

Q. 為什麼要離職呢？

A. 其實我工作做得很好，也得到了上司的認可和疼愛。但是某一天突然覺得自己很委屈，我討厭將晚上、週末工作視為理所當然，也覺得自己的工作量並沒有獲得相對的報償。最重要的是，我覺得工作非常無趣。先不論世上有多少人可以做自己感興趣的工作，就算是一開始認為有趣的工作，隨著時間過去也可能會變得十分無趣。我越來越想要嘗試其他工作，於是想說給自己六個月的緩衝時間。其實假如我願意，是可以再多忍耐一段時間的，畢竟也沒有什麼一定要離職的重大理由，就只是覺得待在公司的時間很可惜罷了。我的手上也還有一筆錢，雖然不多，卻足以撐過短期的無業遊民生活，所以就離職了。

Q. 離職後開心嗎？

A. 其實確定離職日後，開始計畫無業遊民生活的那段時間比較開心。就像比起去旅行，計畫旅行並等待出發的日子更讓人開心一樣。離職後可以不用勉強自己做不喜歡的事情，也不用再體驗那些曾在公司經歷的瑣碎情緒，但必須承受一些不安與焦慮，所以不能說只有開心而已。畢竟任何事情都有所謂的兩面性嘛。但確實好的事情是比較多的。

Q&A

Q. 離職後什麼時刻讓你覺得最辛苦？

A. 為了靠自己賺錢，我體驗了各式各樣的工作，但不論是什麼事情，都必須獨自從 0 開始全權處理。就算在過程中發生了意想不到的問題，也必須靠自己的力量解決，這應該是最辛苦的時候。因為上班時還有組長或公司這樣的保護傘，但離職後的我便失去了這層屏障。不過隨著時間經過，我也累積了一些經驗，感覺到自己變得更加堅強，同時認為那其實是一段讓自己更上一層樓的時期。除此之外，時不時找上門的不安和焦慮也會讓人有點辛苦。

Q. 不會孤單嗎？

A. 無業遊民非常孤單。在公司時因為一直待在電腦前面，有時還可以順便和朋友用 Kakaotalk 聊天，或是和同事開玩笑。忙碌時，連孤單的空檔都沒有。第一次成為無業遊民時，身邊也有很多準備就業的朋友，所以比較不那麼孤單，而再次成為無業遊民的現在，朋友都是上班族了，所以滿孤單的。

Q&A

Q. 你會後悔離職嗎？

A. 我不後悔離職，因為這是經過充分考慮後做出的決定。

Q. 如果朋友在為要不要離職而煩惱的話，你有什麼建議？

A. 剛離職的我，也許會對他說「如果有想要做的事情，離職也沒關係吧」。但隨著時間沉澱，我開始會想要問他們各式各樣的問題：離職之後想過什麼樣的生活？為什麼想離職？是因為業務上的還是人際關係上的問題？如果都不是的話是不是公司文化的問題？是否已經存到沒有收入也足以過活的錢？是否能放棄安定，在不安的狀態下堅持下去等等，我會不斷地問朋友這些問題。

事實上透過離職，我已經改變了任公司壓榨的立場。因為知道離職後的生活不會只有粉紅泡泡，所以我建議最好先向自己充分地提問。說不定離職之後的生活會過得比在公司時還要辛苦。如果那是在詢問自己許多問題後得出的答案，無論他的決定是什麼，我都會支持。

Q&A

Q. 在選擇下一個職場時會優先考慮什麼條件？

A. 我曾經認為人應該要做擅長的工作來謀生，而不是喜歡的工作，直到上班之後做的是自己擅長的工作，才發現這麼做雖然獲得了認可，卻無法持久。所以我想要找到既有趣，又可以養活自己的工作。雖然到目前為止在公司做過的工作對我來說並非完全沒有幫助，但是在離開公司後，那些工作也無法成為我賺錢的工具。所以我想要做那種就算獨自作業，也能夠成為經濟來源的工作。

後記

讀完大學三年級後的冬季某天，我沒有任何計畫和明確的理由就申請了休學。不知怎地總覺得應該要休息個一年。就這樣畢業的話好像太委屈了。

我帶著打工三個月存的錢，咻地飛到美國。因為停留的地方不是大都市，所以真的沒什麼事可做，我擁有的證件只有一張普通的身分證，所以也無法隨心所欲地到處趴趴走。雖然不是為了什麼目的而來，但是這段時間真的很無聊。早上起床後到公園逛一圈，和帶寵物散步的人互道尷尬的「hi」，看一眼在遊樂場玩耍的幼兒園生和正在上體育課的高中生後回家，接著帶著筆記本和筆，前往市中心的一間小咖啡店。

我會點發音最簡單的卡布奇諾和貝果，無所事事地消磨時間，之後到附近的大學圖書館、校園四處晃晃，累了就坐在長椅上，觀看躺在草地上的大學生。接著在日落前走回家看著電視結束一天，這就是我在美國的日常。

度過如此平凡的一天後，偶爾會心想「其他人現在都在準備多益和就業，我這樣虛度光陰沒關係嗎？」，但是又覺得畢業之後一輩子都要工作賺錢，而現在這個瞬間卻一去不復返，於是就繼續什麼也不做，放任時間流逝。

經歷過第二次職場生活，正在體驗第二次無業遊民生活的現在，我有時會想起五年前的那段時光。雖然時不時會擔心「大家都在職場努力賺錢，我卻什麼對策也沒有，這樣不要緊嗎？」，但是多虧了五年前的那段時光，讓我能對自己說出「這樣也沒關係」，然後依舊無所事事地度過這段時間。

我知道什麼事也不做的時光能給人帶來多麼強大的力量。偶爾對職場生活感到疲憊而嘆氣時，光是想起當時的回憶，就足以感到安慰。

如果你正好離開職場暫時休息，相信現在這段什麼也不做的時光，也將會成為你未來艱辛的日常中，那片刻的安慰。

不管在現在或未來，「此刻」都是最好的時刻。

Graphic Times 31

不辭職，就辭世！
【廢療系社畜的162個無用反擊】

作　　者	金景喜（김경희）
插　　圖	金慧妗（김혜령）
譯　　者	Tina

野人文化股份有限公司

社　　長	張瑩瑩
總 編 輯	蔡麗真
副 主 編	徐子涵
責　　編	余文馨
行銷企劃	林麗紅
封面設計	周家瑤
內頁排版	洪素貞

讀書共和國出版集團

社　　　　長	郭重興
發行人兼出版總監	曾大福
業務平臺總經理	李雪麗
業務平臺副總經理	李復民
實 體 通 路 協 理	林詩富
網路暨海外通路協理	張鑫峰
特 販 通 路 協 理	陳綺瑩
印　　　　務	黃禮賢、李孟儒

出　　版	野人文化股份有限公司
發　　行	遠足文化事業股份有限公司
	地址：231新北市新店區民權路108-2號9樓
	電話：（02）2218-1417　傳真：（02）8667-1065
	電子信箱：service@bookrep.com.tw
	網址：www.bookrep.com.tw
	郵撥帳號：19504465遠足文化事業股份有限公司
	客服專線：0800-221-029
法律顧問	華洋法律事務所　蘇文生律師
印　　製	凱林彩印股份有限公司
初　　版	2021年6月

有著作權　侵害必究
特別聲明：有關本書中的言論內容，不代表本公司/出版集團之立場與意見，
文責由作者自行承擔
歡迎團體訂購，另有優惠，請洽業務部（02）22181417分機1124、1135

ISBN 978-986-384-525-6（平裝）
ISBN 978-986-384-533-1（EPUB）
ISBN 978-986-384-532-4（PDF）

國家圖書館出版品預行編目資料

不辭職，就辭世！(廢療系社畜的162 個無用反
擊)/ 金景喜作；Tina 譯. -- 初版. -- 新北市：野
人文化股份有限公司出版：遠足文化事業股份
有限公司發行，2021.06
　面；　公分. -- (Graphic Times；31)
ISBN 978-986-384-525-6(平裝)

862.6　　　　　　　　　　110007419

회사가 싫어서 : 퇴사를 꿈꾸는 어느 미생의 거친 한 방
Because I Hate My Company
Copyright © 2017 Kim Kyung Hee & Kim Hye Ryeong
Written by Kim Kyung Hee & Illustrated by Kim Hye Ryeong
All rights reserved.
Original Korean edition published by Sigongsa Co., Ltd.
Chinese(complex) Translation Copyright ©2021 by Yeren
Publishing House.
Chinese(complex) Translation rights arranged with Sigongsa
Co., Ltd.
through M.J.Agency, in Taipei.

不辭職，就辭世！

線上讀者回函專用 QR CODE，你的
寶貴意見，將是我們進步的最大動力。

野人文化
官方網頁　　野人文化
　　　　　　讀者回函